CATAS...

AVALANCHE

Frieda Wishinsky

Illustrations de Norman Lanting

Texte français de Martine Faubert

Éditions
SCHOLASTIC

Catalogage avant publication de Bibliothèque et Archives Canada

Wishinsky, Frieda
[Avalanche! Français]

Avalanche / Frieda Wishinsky; texte français de Martine Faubert.
(Catastrophe!)

Traduction de : Avalanche!
ISBN 978-1-4431-5140-5 (couverture souple)

I. Faubert, Martine, traducteur II. Titre. III. Titre: Avalanche!
Français.

PS8595.I834A914 2016   jC813'.54   C2015-906613-1

Tous mes remerciements à Judy et Cory Green et Tamara Sztainbok.

5 4 3 2 1   Imprimé au Canada   121   16 17 18 19 20

Illustrations de la couverture : Copyright © morceaux de glace : Michal Bednarek/
Shutterstock, Inc.; arrière-plan : iamnong/Shutterstock, Inc.; radar : Andrey VP/
Shutterstock, Inc.; main : yuelan/Thinkstock.

MIXTE
Papier issu de
sources responsables
FSC
www.fsc.org   FSC® C004071

À Diane Kerner, avec mes remerciements

CHAPITRE UN

15 février

Enfin! se dit Alex. *La journée parfaite pour construire un fort!* Tout est blanc. Le toit de leur maison et celui de la vieille remise sont couverts de neige et, sur le côté de la maison, les poubelles noires ont disparu. Les branches des conifères, dans la cour arrière, et celles de l'immense érable, devant la maison, plient sous leur fardeau blanc. Mais le plus spectaculaire, c'est le mont Ava, la grande montagne rocheuse qui s'élève juste derrière chez Alex. On dirait un géant emmitouflé dans un manteau de fourrure blanche.

Il a neigé sans arrêt pendant trois jours, mais aujourd'hui le soleil brille. Il fait froid, mais il n'y a pas de vent. La neige fraîche, légèrement collante, est parfaite pour la construction d'un fort. Et, comme Ollie est arrivé en renfort, ils l'auront peut-être terminé avant la nuit.

Ils sont totalement absorbés par la construction du dernier mur. Seul Alex entend un grondement qui s'amplifie rapidement et semble se rapprocher. Il lève la tête. On dirait un train qui arrive sur eux à toute vitesse. Mais il n'y a pas de voies ferrées à Glory.

— Tu as entendu? demande Alex.

— Oui, répond Ollie. Il y a probablement des dynamitages près de la route. C'est pour éviter que des avalanches ne bloquent la route.

— Ce bruit-là ne venait pas de la route, mais de beaucoup plus près, dit Alex. De vraiment très près, et c'était comme un bruit de tonnerre. Comme un bruit de…

Alex lève les yeux et regarde en direction du mont Ava.

— Ollie! Ben! crie-t-il. Regardez!

Son cœur se met à battre la chamade.

Une énorme masse de neige dévale le flanc abrupt de la montagne. Elle arrache des branches, déracine des arbres et ensevelit tout sur son passage. Elle se dirige droit sur eux!

— Une avalanche! crie Alex. Courez!

Mais il est déjà trop tard.

L'avalanche les a déjà rejoints et les emporte.

CHAPITRE DEUX

Un mois plus tôt

Alex serre l'accoudoir du sofa gris foncé. Il a les yeux rivés sur un documentaire qui passe à la télé. La voix du narrateur résonne dans le salon plongé dans le noir.

La neige a dévalé de la montagne en emportant tout sur son passage. Les gens criaient et couraient, cherchant désespérément un endroit où se mettre à l'abri. Mais l'avalanche était trop puissante, trop rapide, et ils ont été ensevelis sous des tonnes de neige. Des campeurs sont même morts alors qu'ils dormaient sous la tente. Puis l'avalanche s'est arrêtée. C'était terminé et un silence de mort régnait.

Alex inspire profondément. D'une main, il repousse de son front une mèche de ses cheveux bruns et raides comme des baguettes, puis remonte ses lunettes à monture noire sur son nez.

Ça ne vient pas d'arriver, se dit-il. *C'était il y a très longtemps. Je viens juste de voir la reconstitution d'un événement remontant à plus de cent ans.*

Alors pourquoi la scène semble-t-elle si réelle? Peut-être parce que sa famille habite maintenant près de très hautes montagnes à Glory, en Colombie-Britannique. Glory est située au pied des Rocheuses, près du parc national de Jasper et de celui des Glaciers. Tout le long de la route, des panneaux indiquent les risques d'avalanches. Jusqu'à ce soir, Alex ne s'en faisait pas trop. Il aime les montagnes. Elles se dressent fièrement sur un fond de ciel bleu, leurs sommets s'élèvent parfois au-dessus d'un banc de nuages et le soir elles brillent comme des cathédrales sous le ciel constellé d'étoiles.

Parc Canada recommande aux randonneurs de se munir d'une pelle, d'un émetteur-récepteur et d'une sonde afin qu'on puisse les localiser en cas d'avalanche.

Alex frissonne en entendant ces dernières paroles du narrateur.

Son père rallume les lumières.

— Alors, qu'en pensez-vous? demande-t-il.

— C'est une belle histoire, Luc, dit la mère d'Alex. Ton livre va être formidable. J'ai hâte de visiter le Yukon, l'été prochain. Ce sera formidable de voir l'endroit où s'est réellement produite la Ruée vers l'or.

— Est-ce qu'il y a encore de l'or là-bas? demande Emma.

La petite sœur d'Alex, qui a neuf ans, regarde son père de ses yeux bruns au regard espiègle.

— Probablement pas, dit M. Mason. Mais on peut vérifier.

Le père d'Alex est écrivain et il travaille en ce moment sur un roman historique portant sur le Yukon à l'époque de la Ruée vers l'or. Il a prévu un voyage en famille en juillet prochain, ce qui lui permettra de voir de ses propres yeux les paysages qu'il a à décrire.

— Est-ce qu'une avalanche pourrait se produire ici? demande Emma.

Elle ne semble pas inquiète, mais simplement curieuse. Alex est bien content qu'elle pose la question à sa place.

— As-tu remarqué les galeries paravalanches le long de la route? dit M. Mason. Tu sais, ces structures qui ressemblent à des viaducs à flanc de montagne? Elles servent à protéger les automobilistes en cas d'avalanche. Mais la plupart des avalanches se produisent loin des zones habitées.

— Et le mont Ava? demande Emma.

— Il n'y a jamais eu d'avalanche sur le mont Ava, dit M. Mason. Probablement parce que les sports d'hiver sont interdits afin de protéger les troupeaux de wapitis. Le risque d'avalanche y est très faible.

— Je vais faire du chocolat chaud, dit la mère d'Alex. Ça nous réchauffera après toutes ces discussions à propos des avalanches.

Pendant qu'elle se rend à la cuisine avec Emma, Alex regarde par la grande baie vitrée du salon. La neige a cessé de tomber, mais on en attend plus. Finalement, il y en aura peut-être assez pour bâtir un fort. La neige s'est accumulée sur les pics du mont Ava et partout autour de la maison, sur les arbres de la cour, les arbustes et la

mangeoire à oiseaux.

Alex est très impatient de construire un fort de neige. Son père a promis de l'aider, mais l'écriture de son livre l'accapare. Depuis qu'ils sont arrivés à Glory, il y a trois mois, il a passé tout son temps à se documenter sur Internet et à la petite bibliothèque municipale. En février, il a dit à Alex qu'il essaierait de l'aider à construire son fort, mais on est déjà à la mi-mars.

Emma aussi a dit qu'elle l'aiderait, mais Alex sait qu'il ne peut pas compter sur elle. Elle se lasse toujours avant même qu'ils aient fait la moitié du travail. C'est de Sam dont il aurait besoin. Il peut toujours compter sur lui. Mais Sam est resté à Halifax.

Sam et Alex sont de grands amis et des experts en construction de forts de neige. Sam adorerait la neige à Glory. Il adorerait aussi la chambre d'Alex, au grenier, avec son plafond en pente et sa fenêtre qui donne sur la montagne. La maison n'est pas très grande, mais elle est pleine de recoins et de grands rangements. Il y a aussi une longue véranda à l'arrière, avec quatre chaises berçantes rouges.

La chambre d'Alex est plus intéressante que son ancienne petite chambre à Halifax. Là-bas, tout ce qu'il pouvait voir par la fenêtre, c'était le mur de briques des voisins.

Malheureusement, il se sent très seul à Glory. À l'école, il a du mal à se faire des amis. Ses camarades de classe ne sont pas méchants, sauf Ollie Slater et son copain Nathan Mendes. Ils n'arrêtent pas de ricaner et de l'appeler « le nouveau ». Pour les autres (ils se connaissent tous depuis la maternelle), il est aussi « le nouveau » ou pire, « le gars de l'Est ».

Contrairement à Alex, tout le monde à Glory sait faire du ski ou de la planche à neige. Plusieurs familles possèdent aussi des motoneiges et partent en randonnée durant les week-ends. Quant au hockey, Alex n'est pas très doué, car ses chevilles ne sont pas robustes.

Mais il est champion en construction de forts de neige. Plus tard, il veut devenir architecte. Il adore tous les types de bâtiments. Les forts de neige sont ses préférés, bien entendu. À Halifax, les enfants avaient surnommé Alex et Sam « les rois du fort de neige ».

La mère d'Alex apporte les tasses de chocolat chaud sur un plateau. Emma fait la tournée avec les biscuits au beurre d'arachide et aux pépites de chocolat de sa mère. Les préférés d'Alex! Sa mère est chef pâtissière et occupe le poste dont elle a toujours rêvé au grand hôtel de luxe de Glory, qui attire une clientèle venant de partout dans le monde.

Alex mord dans son biscuit. Les biscuits de sa mère sont délicieux comme toujours. Si seulement il pouvait les partager avec Sam! Si Sam était ici, à Glory, Alex arriverait à se sentir chez lui.

CHAPITRE TROIS

Il est vingt-deux heures et Alex se met au lit. Il tire sa couette verte et blanche jusque sous ses bras et ouvre le livre qu'il vient de commencer. Le titre est *Mon ami extraterrestre*. C'est l'histoire de deux garçons, Yann et Michel, qui découvrent un extraterrestre dans la cour derrière chez eux. La veille, il a ri aux éclats en lisant le passage où les garçons essaient de parler à leur nouvel ami. Mais ce soir, avant même d'avoir terminé de lire une seule page, il repense au documentaire. *Quelle idée ont-ils eue de regarder ce film?* Maintenant, il n'arrête pas de penser aux avalanches!

Arrête de t'inquiéter, se dit-il. *Il n'y a aucun risque d'avalanche ici.*

Il ouvre son livre et essaie de reprendre sa lecture. Peu après, il rit de bon cœur, en particulier quand l'extraterrestre parle en vers à Yann et Michel.

Je suis d'une lointaine contrée.

Je ne sais quand je m'en irai.

Puis-je dans ta chambre dormir?

Un seul soir devrait me suffire.

— Alex, éteins la lumière! gronde sa mère. Tu vas à l'école demain. Je te donne cinq minutes, pas plus. Il est déjà tard.

Tous les soirs, elle lui donne le même avertissement. Elle sait que, quand il lit un bon livre, il a du mal à s'arrêter.

Quinze minutes plus tard, elle passe la tête par la porte entrebâillée.

— Alex… dit-elle.

— D'accord, répond-il. J'éteins.

Il éteint la vieille lampe de chevet à pied de laiton. Puis il se tourne sur le côté, tire la couette sur son épaule et s'endort au bout de quelques minutes.

* * *

Peu après, il court à toutes jambes, trébuche et tombe, talonné par une montagne de neige en mouvement.

Non! Je vais mourir enseveli! Je dois m'échapper!

Mais il ne peut pas s'échapper. La masse de neige le projette d'un rocher à l'autre, puis l'entraîne au fond d'une crevasse. Il va… *Non!*

Il ouvre les yeux. Son cœur bat à tout rompre, mais il n'est pas enseveli sous la neige. Il est dans son lit. Il n'a pas été emporté par une avalanche.

Ouf! Ce n'était qu'un cauchemar.

Il tire sa couette jusque sur ses oreilles. Il essaie de chasser de son esprit l'image de l'avalanche. Le réveille-matin indique six heures. Il lui reste encore une heure pour dormir.

Il se tourne et se retourne dans son lit sans arriver à se rendormir. Il s'assoit et allume sa lampe de chevet. Il se lève, marche jusqu'à son bureau et tape le mot « avalanche » dans la fenêtre de recherche de son ordinateur.

Le premier site qu'il visite le terrifie : la vidéo d'une vraie avalanche dévalant une montagne. La skieuse qui l'a filmée a failli être ensevelie vivante. Des sauveteurs l'ont retrouvée, mais elle s'en est sortie de justesse.

Alex consulte ensuite un article sur l'histoire des avalanches. Son père avait raison. Contrairement à la fin du 19ᵉ siècle, de nos jours en Amérique du Nord les avalanches se produisent presque toujours dans des régions inhabitées. Par contre, sur d'autres continents, elles frappent encore les zones habitées. Ainsi en 1962, une avalanche sur le Huascaran, la plus haute montagne du Pérou, a fait des milliers de victimes. Ou encore, en 1999, une avalanche a frappé un village en Autriche. Cinquante-sept personnes ont été ensevelies et plusieurs d'entre elles sont mortes.

Alex fait encore défiler la liste et apprend sur un autre site qu'il y a quelques années, deux skieuses ont été emportées par une avalanche dans une zone inhabitée près de Glory. L'une est morte et l'autre a survécu. Cette dernière a eu la chance d'être retrouvée assez vite. Apparemment, au bout de dix minutes, la neige se tasse et devient compacte comme du béton, et les victimes ensevelies ont du mal à respirer.

Alex est interrompu dans sa lecture par le bruit des pas de sa mère.

— Es-tu debout, Alex? demande-t-elle.

— J'arrive dans deux minutes, répond-il.

Il éteint son ordinateur et fait son lit. Il enfile son jean neuf et une chemise bleue puis se coiffe d'un coup de peigne. Puis il descend pour le déjeuner.

Sa mère est seule dans la cuisine.

— Bonjour, dit-elle. Veux-tu des céréales?

— Oui, s'il te plaît, dit-il.

— On doit se dépêcher. L'autobus scolaire ne passera pas ce matin à cause des routes qui sont glacées. Je vais vous conduire à l'école, Emma et toi, mais ce sera long. Il faudra rouler lentement.

CHAPITRE QUATRE

Le thermomètre a grimpé pendant la nuit et, à la place de la neige, c'est une pluie verglaçante qui est tombée et a tout recouvert : les rues, les arbres, les fils électriques, les maisons et les voitures. De longs glaçons pointus comme des poignards pendent du toit de la maison. Alex, Emma et sa mère mettent une bonne dizaine de minutes à déglacer la voiture.

— En route, dit Mme Mason.

Alex s'installe sur la banquette arrière à côté d'Emma. Sa mère inspire profondément, expire, puis démarre le moteur.

Les autos dérapent sur les routes et les autoroutes. Mme Mason serre le volant et se concentre. Emma lit à l'arrière. Personne ne dit un mot, même quand ils croisent deux voitures qui sont dans le fossé. Le trajet de vingt minutes semble durer deux heures. Ils arrivent enfin à l'école. Sa mère s'enfonce contre le dossier de son siège. Elle ferme les yeux, puis inspire profondément.

— Les routes sont vraiment affreuses! dit-elle. J'espère que ce sera mieux quand je reviendrai vous chercher. Heureusement que je travaille à seulement quelques rues d'ici.

Emma et Alex descendent de la voiture et marchent jusqu'à la porte de l'école tandis que leur mère repart lentement. L'école est plus tranquille que d'habitude. Ils passent devant le bureau. La secrétaire et le directeur adjoint sont en train de retirer leurs manteaux, mais le directeur n'est pas encore arrivé. Il y aura beaucoup de retards.

— À plus, Alex! dit Emma.

Elle court dans le couloir jusqu'à sa classe qui est au rez-de-chaussée, à côté de la bibliothèque. Son enseignante est déjà arrivée. Quand Alex approche de sa classe, il comprend immédiatement que son enseignant, M. Moore, n'est pas là. Les élèves crient et des avions de papier atterrissent dans le couloir. Alex retire ses bottes à l'extérieur de la classe et les dépose à côté des autres qui sont moins nombreuses que d'habitude. Puis il entre dans la classe.

— Hé toi, le nouveau! crie Ollie qui plie des avions avec Nathan. J'aurais parié que tu serais trop poule mouillée pour venir à l'école aujourd'hui. À Halifax vous n'avez sûrement pas des verglas pareils!

— On a des tempêtes de verglas, répond Alex. Et de la neige et du temps froid aussi. La seule différence, c'est qu'à Halifax, il y a plus de circulation, et pas de montagnes.

Ollie lève les yeux au ciel.

— Oui, toute une différence! dit-il en donnant un coup de coude à Nathan.

Alex se dirige vers le fond de la classe pour accrocher son manteau. Mais au passage, Ollie lui arrache sa tuque bleue et la lance à Nathan.

— Rends-la-moi, dit Alex.

— Viens la chercher, plaisante Ollie.

Les autres élèves lèvent la tête pour regarder.

Alex, le cœur battant fait un pas vers Nathan, puis il s'arrête.

— Tu sais quoi? dit-il. Garde-la, ma tuque. J'en ai une plus belle à la maison et ma sœur portait celle-ci la semaine dernière, quand elle avait le rhume. Elle doit être pleine de microbes.

— Je ne te crois pas, dit Ollie.

— Moi non plus, renchérit Nathan.

— Je me moque que vous me croyiez ou non, riposte Alex.

Il accroche son manteau et retourne à son pupitre, au deuxième rang. Il prend un livre et se met à lire.

D'un pas nonchalant, Nathan s'approche d'Alex et laisse tomber la tuque sur son pupitre.

— Tiens, tu peux la garder ta tuque pleine de microbes, dit-il.

— Merci, répond Alex sans lever les yeux de son livre.

Ollie lance un avion de papier vers Alex, mais l'avion sort par la porte et frappe M. Moore qui allait entrer dans la classe. M. Moore roule l'avion en boule et la lance dans la corbeille à papiers.

— Retournez à vos places, dit-il. Je veux vous présenter un nouveau camarade. Ben, tu peux entrer.

Un garçon aux cheveux blonds et bouclés entre à la suite de M. Moore.

— Ben Green et son père viennent de déménager de Los Angeles. Nous allons les accueillir chaleureusement, surtout avec ce mauvais temps qui doit être tout un choc après le soleil de la Californie. Ben, assieds-toi.

Ben accroche son manteau et s'assoit dans la troisième rangée, derrière Alex.

— Salut, dit Alex en se retournant sur son siège.

— Salut, répond Ben avec un sourire.

— Apparemment, nous passerons la récréation à l'intérieur, dit M. Moore. Alex, pendant la récréation, voudrais-tu montrer nos manuels à Ben et lui expliquer où nous en sommes?

— Bien sûr, répond Alex.

* * *

Les élèves font des études sociales et un exercice de rédaction dans leur journal personnel. Puis la cloche sonne et c'est l'heure de la récréation. Alex sort ses manuels pour les montrer à Ben.

— Quel temps fait-il à Los Angeles? demande Alex.

— Chaud et ensoleillé la plupart du temps, répond Ben. Les montagnes ne sont pas loin de l'océan, mais on ne sent pas vraiment l'hiver. On a habité là-bas pendant quatre ans. Ma famille est originaire du nord de l'État de New York.

— Il neige beaucoup dans l'État de New York, je crois, dit Alex.

— Oui, beaucoup. Je construisais souvent des

forts avec mon père. Puis nous avons déménagé à L.A. à cause de son travail.

— Et pourquoi avez-vous déménagé à Glory? demande Alex.

Ben s'éclaircit la voix.

— Maman est morte l'an dernier, explique Ben. Papa s'est dit que nous devions partir.

— Je suis désolé pour ta mère, dit Alex.

Ben pince les lèvres.

— Merci. Maman a été malade durant presque toute l'année dernière. Quand papa a reçu l'offre de venir travailler comme directeur adjoint au grand hôtel de Glory, il a tout de suite accepté.

— Ma mère travaille là-bas, dit Alex. Elle est chef pâtissière.

— Est-ce qu'elle rapporte des gâteaux? demande Ben avec un sourire en coin.

— Parfois, répond Alex. Mais elle fait aussi de la pâtisserie à la maison. Attends de goûter à ses biscuits au beurre d'arachide et aux pépites de chocolat! Tu n'en reviendras pas.

— J'adore les biscuits au beurre d'arachide et aux pépites de chocolat! s'exclame Ben.

— Tu devrais venir à la maison, dit Alex. Tu pourrais goûter aux biscuits de maman et on pourrait construire un fort ensemble!

— Très bonne idée, dit Ben avec un grand sourire. L'an dernier, papa et moi nous avons construit une cabane dans un arbre. Il y a longtemps que je n'ai pas construit un fort avec de la neige.

La cloche sonne la fin de la récréation. Alex inscrit son numéro de téléphone sur un bout de papier et le donne à Ben. Ben donne le sien à Alex.

Alex sourit tout en glissant le numéro de téléphone de Ben dans la poche de son jean. On dirait qu'il s'est enfin fait un ami à Glory.

CHAPITRE CINQ

Alex a hâte qu'il soit dix heures. Ben va venir chez lui pour la première fois et ils vont construire un fort dans la neige. Ils en ont parlé tous les jours à la récréation. Chacun a fait un dessin de son fort idéal. Alex le voulait haut et grand, comme un tipi. Ben le voulait bas et large, comme un tunnel. Finalement, ils ont combiné leurs idées et décidé de construire un fort large et moyennement haut, comme un igloo.

Ils disposent d'au moins sept heures pour le construire avant l'obscurité. Il a neigé toute la nuit de vendredi et la neige est lourde et collante, parfaite pour fabriquer des blocs. La journée est idéale : le soleil brille, le ciel est bleu, il fait juste assez froid et il n'y a pas de vent. La neige qui recouvre les montagnes scintille de mille feux.

À dix heures, Ben et son père arrivent chez les Mason. Les parents d'Alex les invitent à entrer et leur offrent du café, du lait et des scones au babeurre.

— Tout le monde à l'hôtel me dit que vos pâtisseries sont délicieuses, Nora, dit le père de Ben en prenant une deuxième bouchée de son scone nappé de crème sure et de confiture de framboises. Maintenant, j'en ai la preuve!

— Ils sont délicieux, Mme Mason, dit Ben.

— Merci! répond-elle. Mais pourquoi mangez-vous si vite, les garçons?

— On veut aller dehors et construire notre fort, dit Alex. On a beaucoup de travail devant nous.

— Il y a trente pour cent de probabilité de pluie verglaçante en fin d'après-midi, dit Ben.

— Alors on veut avoir fini avant, dit Alex.

— Bonne chance, les garçons! s'exclame Mme Mason.

Alex et Ben avalent d'un trait leurs verres de lait et engloutissent le reste de leurs scones. Puis ils se précipitent dehors. Alex va chercher quatre contenants de plastique, trois pelles métalliques et deux longs bâtons dans la remise. Ensemble, ils remplissent les seaux et les bacs de plastique

avec de la neige.

— Est-ce que je peux vous aider? demande
Emma qui arrive en sautillant, chaussée de bottes
en fausse fourrure.

— Tiens! dit Alex en lui tendant un seau et une

pelle. Remplis-le de neige à ras bord. Puis tasse la neige et démoule ton bloc sur le côté de la maison. On est en train de faire la base du fort.

— D'accord, dit Emma.

Alex prend un bâton et donne l'autre à Ben. Ils s'en servent pour marquer l'emplacement des murs de leur fort.

— Regarde! dit Emma. J'ai fait quatre blocs.

— Cool! dit Alex. Continue comme ça.

— Je n'ai plus envie, répond Emma.

Alex soupire. Emma lui fait toujours faux bond.

— Viens Ben, dit Alex. On va faire nos blocs.

Ils remplissent les contenants et continuent d'empiler les blocs de neige. Quand ils en ont suffisamment, ils se mettent à construire leur fort. Ils aménagent une entrée près de la véranda à l'arrière.

Vers treize heures, le ciel se couvre de nuages gris. Leur fort est à moitié fini. Ils doivent encore bâtir un mur et faire une porte de sortie à l'arrière.

— J'ai faim! déclare Alex. On va rentrer et manger un petit sandwich.

Ils appuient leurs pelles contre la maison,

empilent les seaux et les bassines sur le côté de la véranda et se précipitent dans l'entrée. Ils retirent leurs tuques trempées de sueur et les étendent sur le banc. Ils se débarrassent de la neige sous leurs bottes en tapant des pieds, accrochent leurs manteaux et foncent vers la cuisine.

— Beurre d'arachide avec confiture et bananes? demande Alex.

— Super! répond Ben.

Le père de Ben est reparti et la famille d'Alex regarde un vieux film dans le salon.

— Notre fort va être superbe, dit Ben.

Ils tartinent leur pain avec du beurre d'arachide et de la confiture.

— Oui, dit Alex. C'est... Hé! As-tu entendu? On dirait... Non! Pas maintenant!

Les garçons déposent leurs tartines et se précipitent à la fenêtre.

Le soleil a disparu. Les nuages sont maintenant gris acier et de petites billes de verglas martèlent la vitre.

— Qu'est-ce qu'on fait? demande Ben.

— Ça va peut-être s'arrêter, dit Alex. Allez, on

va continuer notre construction.

Ils sortent dehors pour vérifier l'état de leur fort. La pluie verglaçante redouble. Leurs tuques mouillées sont de plus en plus trempées.

— Je vais aller chercher les pelles, les seaux et les bacs, dit Alex.

Il se dirige vers le côté de la véranda. Mais en tendant le bras pour prendre une pelle, il glisse sur une plaque de glace et se tord la jambe droite.

— Aïe! grogne-t-il.

— Est-ce que ça va? demande Ben. Peux-tu tenir debout?

— Je... Je crois que oui, répond Alex.

— Excellent! dit Ben. Prends ma main, je vais t'aider à te relever.

Alex réussit à se remettre debout. Puis il s'appuie au mur de la maison.

— Est-ce que ça va? demande Ben.

— Oui, mais j'ai mal à la jambe.

Alex se dirige vers un tas de neige en boitant. Ben le suit. Ils enfoncent leurs pelles dans la neige, mais elle est détrempée et ce n'est plus que de la bouillie. Impossible de fabriquer des blocs avec ça!

De plus, Alex ne voit pas très bien à cause de la pluie sur ses lunettes.

— Je déteste la pluie verglaçante, dit Ben.

— Moi aussi. Je ne vois plus rien.

— Et mes mains sont gelées comme des glaçons même avec mes gros gants, dit Ben.

Alex soupire.

— On ferait mieux de rentrer, dit-il.

Ils traînent les pieds jusqu'à la porte. Ils entrent et retirent leurs bottes et leurs manteaux dégoulinants de pluie. Ils enlèvent leurs tuques et leurs gants complètement trempés. Même leurs cheveux sont mouillés!

Mme Mason leur apporte des draps de bain.

— J'allais vous dire de rentrer, dit-elle. Donnez-moi vos manteaux et vos tuques, je vais les mettre dans la sécheuse. Puis, je vais vous faire un bon chocolat chaud pour vous réchauffer. Je pense que cette pluie verglaçante est partie pour durer.

— Mais je pensais qu'il n'y avait que trente pour cent de probabilité qu'il pleuve, dit Alex.

— Et seulement à la fin de l'après-midi, dit Ben.

Pas à treize heures trente! Satanées prévisions météorologiques!

Alex soupire.

— Dommage, dit-il. Notre fort allait être superbe.

CHAPITRE SIX

Dimanche matin, le temps se réchauffe et la pluie verglaçante se change en crachin. Alex est à la fenêtre de sa chambre et regarde son fort qui est dans un triste état. Ben et lui vont aller au cinéma pour se changer les idées.

Lundi matin, la neige a complètement disparu des routes et des rues du village. À l'école, M. Moore leur explique comment le réchauffement planétaire est responsable des changements de température fréquents et importants, comme en ce moment avec la neige de la semaine dernière, le temps doux d'aujourd'hui et le froid qui reviendra bientôt.

Au journal télévisé, les gardes forestiers et l'administration du parc national voisin émettent des avertissements de risque d'avalanches dans les zones inhabitées, à cause des conditions météorologiques actuelles.

Les deux week-ends suivants, Alex et Ben jouent à des jeux vidéo et regardent des films. Par moment, il fait même assez beau et chaud pour jouer à la balle dehors. Chaque fois qu'ils sont ensemble, ils passent du temps à dessiner des forts de neige. Ils leur font toujours deux entrées. Certains ont trois étages, quatre pièces, et même des banquettes de neige.

— J'aimerais bien avoir une machine à fabriquer de la neige, dit Alex. On pourrait faire des forts même quand il ne neige pas.

— Ce serait super! s'exclame Ben.

— Regardez, les garçons, dit le père de Ben en leur montrant son cellulaire. À la météo, on annonce de la neige pour la semaine prochaine. Une probabilité de soixante pour cent de neige, ce n'est pas si mal. En tout cas, c'est une bonne nouvelle pour l'hôtel. Les affaires ne sont pas très bonnes en ce moment.

Alex ferme les yeux. *S'il vous plaît, faites qu'il neige,* se dit-il. *De la neige, de la neige et encore de la neige!*

* * *

Lundi matin, dès qu'Alex met le pied dans la classe, Ollie le regarde, puis donne un coup de coude à Nathan et lui parle à l'oreille. Ensuite, il se tourne vers Lena qui est assise à côté de lui et fait de même. Il se tourne même vers Ryan, Sophie et Ethan et leur parle à voix basse.

Je ne sais pas ce qu'Ollie mijote, mais je ne le laisserai pas m'embêter, se dit Alex.

Ce n'est pas évident! Maintenant, on lui dit à voix haute ce qu'Ollie murmurait.

— Sais-tu skier, le nouveau? Les conditions vont être bonnes le week-end prochain.

— Je sais skier un peu, répond Alex.

— Sur la côte des débutants, comme ceci? dit Ollie.

Il tend les bras, écarte les jambes et se laisse tomber par terre.

— Oh là là! dit-il d'une petite voix aiguë. Je me suis fait mal à mon petit derrière. Nathan, peux-tu m'aider à me relever?

Nathan tend la main et relève Ollie. Ollie, Nathan et Lena éclatent de rire. Les autres ne rient pas, mais certains se regardent d'un drôle d'air. Sophie est la seule à oser intervenir.

— Arrête, Ollie! dit-elle en le fusillant du regard.

Tout le monde ne sait pas skier.

— J'essayais juste d'imaginer Alex sur des skis, rétorque Ollie.

— C'est ça, cause toujours! réplique-t-elle en lui faisant une grimace.

M. Moore entre dans la classe juste à ce moment-là. Ollie court s'asseoir à sa place, au premier rang. En passant à côté d'Alex, il lui adresse une grimace et marmonne entre ses dents « côte des débutants ».

Alex essaie de se concentrer sur *Forever Jones*, le livre qu'il doit lire pour le cours d'anglais. Il l'aime bien et, la semaine dernière, il a même participé à la discussion. Mais aujourd'hui, il s'en sent incapable. Rien ne lui fait envie. Si seulement il n'était pas dans la même classe qu'Ollie!

— Prenez votre journal personnel, dit M. Moore. Je vous donne vingt minutes pour écrire. Et n'oubliez pas : n'écrivez pas seulement ce que vous avez fait, mais racontez aussi comment vous vous sentez face à ce qui vous arrive et à ce qui se passe dans votre entourage.

Alex essaie de se concentrer sur son journal. Il veut raconter ce qu'il ressent à l'égard d'Ollie. Mais

M. Moore lit parfois leurs journaux. Alex préfère ne rien écrire au sujet d'Ollie. Sinon, M. Moore risque de lui en parler et cela ne fera qu'aggraver la situation.

Alex regarde l'horloge. Il reste dix minutes avant l'heure de la récréation. Il a mal au ventre. Il est certain qu'Ollie va encore l'embêter tout à l'heure.

La cloche sonne.

— Allez! dit Ben. On va jouer à la balle.

— Je n'ai pas trop envie de sortir, dit Alex. Je…

— Ne laisse pas Ollie t'intimider, lui chuchote Ben.

— D'accord, répond Alex. Mais il ne va pas me lâcher. Il ne t'appelle pas « le nouveau » d'un ton ironique comme il le fait avec moi.

— Il va arrêter, dit Ben. Il va se lasser. Ne lui montre pas que ça t'agace. À mon école, à Los Angeles, il y avait un gars comme Ollie. Il se moquait toujours de mes cheveux et il m'appelait Boucles d'Or.

— Et qu'est-ce que tu as fait? demande Alex.

— Au début, je ne savais pas comment réagir, répond Ben. Chaque fois qu'il m'appelait Boucles d'Or, je grinçais des dents. Puis un jour, il l'a dit avec une petite voix aiguë, comme Ollie, et j'ai éclaté de rire. Je n'ai pas pu me retenir! Il est resté si surpris qu'il s'est arrêté. Ensuite, chaque fois qu'il m'appelait Boucles d'Or, je riais. Finalement, il a trouvé un autre souffre-douleur.

— D'accord, dit Alex. Je vais essayer de rire.

Il n'a pas à attendre longtemps avant de pouvoir mettre à l'épreuve la méthode de Ben. Dès qu'ils arrivent dans la cour, Ollie crie :

— Attention de ne pas tomber, le p'tit! Il ne faudrait pas te faire mal à ton petit genou, sinon tu ne pourras pas skier sur la côte des débutants.

Alex se sent rougir. « Le p'tit », c'est encore pire que « le nouveau ». Il inspire profondément et essaie de rire, mais ça sonne plutôt comme un croassement de corneille.

Ollie dévisage Alex. Puis il se bouche les oreilles et plisse le nez.

— Quel cri affreux, le p'tit! dit Ollie. Tu ne sais pas skier et tu ne sais pas rire. Qu'est-ce que tu sais faire, finalement?

— Je ne suis peut-être pas un bon skieur, mais je connais la neige, répond Alex. Et je sais construire des forts qui t'étonneraient.

— Tu m'en diras tant! dit Ollie en donnant un coup de coude à Nathan.

Ils éclatent de rire tous les deux.

— Tu ne me crois pas? dit Alex. Alors tu n'as qu'à venir chez moi et tu verras bien.

Alex voudrait ravaler ses paroles. Il ne veut pas qu'Ollie vienne voir son fort. Il ne veut pas qu'Ollie vienne chez lui, un point c'est tout.

— Bonne idée, dit Ollie. Ma grand-tante et mon grand-oncle sont tes voisins.

CHAPITRE SEPT

La cloche sonne. Alex et Ben courent jusqu'à leur classe. Peu après, Alex est si absorbé par un problème de maths, puis par une expérience de sciences, qu'il ne pense plus à Ollie.

À midi, la cloche sonne l'heure du dîner.

— Regarde Alex, dit Ben en montrant la fenêtre du doigt. Il neige et même plutôt fort.

La cour est couverte de gros flocons blancs.

— Si ça dure, on aura assez de neige pour faire un nouveau fort, dit Alex.

Et la neige continue de tomber. Quand la cloche annonce la fin de la journée d'école, la neige a déjà tout recouvert : les voitures, les arbres, les toits, et même la casquette du brigadier scolaire.

— J'ai trop hâte! dit Alex à Ben, en sortant de l'école. Notre fort va être superbe.

— S'il continue de neiger, on en aura assez pour construire deux forts samedi, dit Ben. À demain!

Ben salue Alex de la main et rentre chez lui. Il habite à quelques rues de l'école. Alex se dépêche de monter dans l'autobus scolaire et se glisse sur la banquette près de la fenêtre, juste derrière Emma.

— Vas-tu construire un fort le week-end prochain? demande-t-elle en se tournant vers lui.

— Oui, samedi, répond Alex. À condition que la neige ne fonde pas.

— Samedi, je vais jouer chez Lisa, dit Emma. Je ne pourrai pas t'aider à faire des blocs de neige. Mais dimanche, c'est possible. J'aime bien faire des blocs de neige.

— Même pas vrai! réplique Alex. La dernière fois, tu en as fait seulement quatre.

— Et tu t'en es quand même servi, dit Emma. La prochaine fois, j'en ferai plus. Tu vas voir!

Alex lève les yeux au ciel. Il est bien content de ne pas avoir à compter sur Emma ni sur son père pour l'aider à construire son fort. Il sait qu'il peut compter sur Ben. Ils ont eu du plaisir à travailler côte à côte pour leur premier fort qui aurait été magnifique si la pluie n'avait pas tout gâché. Cette fois, ils vont le terminer. Alex ferme les yeux et imagine leur nouveau fort.

Malheureusement, il cesse de neiger durant la nuit et il ne neige ni mardi ni mercredi. Mercredi matin, le temps se réchauffe subitement et la neige tombée lundi se met à fondre.

Jeudi après-midi, quand la cloche sonne la fin de la journée, Alex dit à Ben :

— On dirait qu'on n'aura même pas assez de neige pour faire un mini fort. La probabilité de chute de neige aujourd'hui est seulement de trente pour cent.

— Rappelle-toi la dernière fois, dit Ben. Il leur arrive de se tromper. Oh! regarde!

Ben indique la fenêtre. Il a recommencé à neiger et les flocons sont si gros qu'on peut voir la jolie dentelle formée par les cristaux de glace.

Quand les garçons sortent de l'école, il neige encore très fort.

— Croisons les doigts pour que ça dure, dit Alex quand l'autobus scolaire arrive. Si c'est le cas, veux-tu venir chez moi samedi pour construire un autre fort?

— Absolument! répond Ben en faisant oui de la

tête. Et je croise les doigts et les orteils pour nous porter chance.

À la grande joie d'Alex, il neige toujours quand il arrive chez lui. Et il neige encore tandis qu'il soupe, qu'il fait ses devoirs, qu'il joue à un jeu vidéo et, finalement, qu'il se met au lit.

Encore mieux : il neige encore quand il se

réveille! Pendant la nuit, la cour a été complètement recouverte et il y a plus de neige qu'il n'en faut pour faire un fort.

La météo en prévoit pour la nuit de vendredi et encore des flocons le samedi matin. Cette fois, ils ont intérêt à ne pas se tromper!

Alex est si heureux à l'idée de construire son fort que, quand Ollie l'appelle « le p'tit » à la récréation du matin, il rit vraiment.

— Qu'est-ce qu'il y a de drôle? demande Ollie d'une voix dure.

— C'est drôle que tu m'appelles « le p'tit », répond Alex.

— Ce n'est pas drôle, dit Ollie. Ça veut dire que tu ne sais pas skier.

— Et alors? dit Alex. Viens, Ben, on va faire les plans pour notre fort.

— Je parie que vous n'êtes pas capables de construire un fort qui tient debout, leur lance Ollie par-dessus son épaule.

— Tu te trompes! dit Alex. Notre fort va être superbe.

CHAPITRE HUIT

Samedi à neuf heures, Ben arrive en voiture avec son père. La neige tombe légèrement, mais il fait assez froid pour qu'elle ne fonde pas. Le toit de la maison d'Alex, les arbres et le mont Ava sont couverts de blanc.

— Je viendrai chercher Ben à dix-sept heures, avant la tombée du jour, dit le père de Ben.

— Allons-y, Alex, dit Ben. On a intérêt à se mettre tout de suite au travail.

— Notre fort va être fantastique, dit Alex.

— Je suis sûre qu'il va être magnifique, dit Mme Mason. N'oubliez pas de mettre vos tuques et vos gants. Il fait froid dehors.

— Ça va aller, maman, dit Alex. Tu n'as pas à t'en faire.

Il enfile son manteau et ses pantalons de neige.

— Ma mère aussi était une mère poule, dit Ben. Mais à L.A., elle n'avait pas besoin de me rappeler de mettre ma tuque et mes gants.

— Évidemment, dit Alex. Bienvenue au royaume du bonhomme hiver!

— J'aime la neige, dit Ben. Surtout quand elle est assez collante pour faire un fort. Allez, on s'y met!

Les garçons sortent en courant et attrapent deux bâtons au passage. Ils les plantent dans la neige pour délimiter leur fort.

— On va lui faire deux entrées, dit Alex.

— Et on va le faire plus grand et plus haut que la dernière fois, ajoute Ben.

Tous deux remplissent les seaux et les bacs pour faire des blocs de neige. À onze heures, les blocs empilés au pied du mur de la maison sont en quantité suffisante pour bâtir la moitié du fort. Ils commencent la construction.

À onze heures trente, Mme Mason vient les voir.

— Quel beau fort, les garçons! dit-elle. Je vais reconduire Emma chez son amie, puis papa et moi allons faire des courses. J'ai averti les Henshaw que nous serions absents. Ils ont promis de garder un œil sur vous.

— Maman! proteste Alex. Tu t'inquiètes pour rien. On a presque douze ans. On peut rester seuls pendant quelques heures.

Elle lui tapote le bras.

— Tu as raison, dit-elle. Mais M. Henshaw meurt
d'envie de voir votre fort. Nous serons de retour vers
seize heures trente. À plus tard!

À midi trente, M. Henshaw arrive en raquettes.

— Je viens voir si tout va bien, dit-il. Et je vous

apporte des petits gâteaux au chocolat confectionnés par ma femme.

— Merci, dit Alex. J'adore les gâteaux de Mme Henshaw.

— Moi aussi, dit M. Henshaw avec un petit sourire. Il examine le fort.

— Moi aussi je construisais des forts quand j'avais votre âge, reprend-il. Mais ils n'étaient jamais aussi beaux que le vôtre.

Alex et Ben sont fiers comme des paons.

— Nous sommes juste à côté, dit M. Henshaw. Vous n'avez qu'à nous appeler s'il y a un souci.

Il les salue de la main et retourne chez lui.

— Hé! dit Ben. J'ai faim.

— On finit d'abord ce mur et la moitié de la construction sera terminée, dit Alex. Ensuite, on ira dîner. Et on pourra manger les gâteaux quand on aura tout fini.

— Bon plan! dit Ben.

Ils ajoutent des blocs au mur latéral, puis ils vont dîner à l'intérieur.

— On va manger vite, dit Alex. Il faut qu'on ait fini avant la noirceur. Demain, on pourra dîner dans notre fort. On dira que c'est un fort et un hôtel de glace.

Vingt minutes plus tard, ils se remettent au travail. Ils sont si absorbés qu'ils ne voient pas Ollie qui arrive en raquettes.

— Alors c'est ça, votre merveilleux fort? dit-il. Mon grand-oncle le trouve épatant.

Les mains sur les hanches, il se met à inspecter le fort sous toutes les coutures. Il fait le tour en ayant l'air d'examiner les blocs un à un.

Alex et Ben l'ignorent et continuent de travailler.

Ollie passe la tête dans l'entrée. Il tape sur un des murs. Il fait un pas en arrière, se gratte le menton et regarde le fort comme s'il allait lui donner une note.

— D'accord, dit-il. J'avoue que votre fort est bien fait, Alex.

— Merci, dit Alex.

Depuis qu'il a emménagé à Glory, c'est la première fois qu'Ollie l'appelle par son vrai nom.

— Je m'ennuie à mourir chez oncle George, dit Ollie. Il veut tout le temps jouer aux échecs et je déteste les échecs. Je me suis dit que vous auriez peut-être besoin d'un coup de main, les gars. Et oncle George s'est dit la même chose.

— Pour nous aider à quoi? dit Alex.

— À construire le fort, répond Ollie.

— Je ne suis pas sûr, Ollie... dit Alex

— Et si je m'excuse pour mon comportement à l'école, dit Ollie. Alors? S'il te plaît!

Alex regarde Ben qui doit penser la même chose que lui, il en est sûr. Sans aide, ils vont avoir du mal à terminer avant la nuit. Et peut-être qu'Ollie va se calmer à l'école s'ils acceptent de travailler avec lui.

— Bon, dit Alex. Mais ça reste notre fort et tu dois suivre nos instructions. D'accord?

— D'accord.

Alex lui tend un seau et une pelle.

— Tu le remplis, tu tasses la neige et tu obtiens un bloc, explique Alex. Puis tu le démoules sur la pile près de la maison. On a besoin de plus de blocs pour monter le dernier mur.

Ollie remplit le seau avec de la neige, la tasse et démoule le bloc près de la maison.

— Regardez, les gars! dit-il. C'est à votre goût?

Ollie prend son cellulaire dans sa poche et prend une photo de son bloc de neige. Puis il prend une photo du fort.

Ben et Alex sourient de le voir faire.

— Ton bloc est parfait, Ollie, dit Alex.

— Ouais, dit Ollie. Il est chouette, ce fort.

Ben et Alex échangent un regard, puis ils se remettent au travail.

Pendant l'heure qui suit, les trois garçons travaillent sans relâche. Côte à côte, Alex et Ollie font des blocs et les empilent sur le côté de la maison. Ben travaille sur le fort, près de la véranda. Il monte les blocs sur le dernier mur et les tape avec ses mains ou sa pelle pour bien les stabiliser.

Peu à peu, le fort grandit et se consolide.

— Hé, les gars! dit Alex. On va peut-être pouvoir s'installer dans notre fort aujourd'hui même. Au rythme où on va, on devrait avoir fini vers seize heures.

— Ce serait formidable, dit Ben.

Alex se rend devant un nouveau tas de neige. Il se penche pour y enfoncer sa pelle, mais ses lunettes tombent. Il les cherche à tâtons et, soudain, il entend un gros bruit.

— Tu as entendu? demande-t-il à Ollie.

— Oui, répond Ollie. Il y a probablement des dynamitages près de la route. C'est pour éviter que des avalanches ne viennent bloquer la route.

— Ce bruit-là ne venait pas de la route, mais de

beaucoup plus près, dit Alex. De vraiment très près, et c'était comme un bruit de tonnerre. Comme un bruit de…

Alex lève les yeux et regarde en direction du mont Ava.

— Ollie! Ben! crie-t-il. Regardez!

Son cœur se met à battre la chamade.

Une énorme masse de neige dévale le flanc abrupt de la montagne. Elle arrache des branches, déracine des arbres et ensevelit tout sur son passage. Elle se dirige droit sur eux!

— Une avalanche! crie Alex. Courez!

Mais il est déjà trop tard.

La neige s'abat sur eux, les renverse, les brasse dans tous les sens et les ensevelit sous tout son poids.

Puis le silence règne.

CHAPITRE NEUF

Alex a du mal à ouvrir les yeux. Ses paupières sont lourdes et gelées, comme si elles étaient couvertes d'une compresse glacée. Le simple fait de cligner des yeux lui fait mal. Quand il y parvient, de la neige en tombe et atterrit sur ses paupières et sur son nez. Il a l'impression d'avoir un glaçon à la place du nez et que de lourdes briques lui écrasent la poitrine.

Où suis-je? Où sont passés Ben et Ollie?

Il frissonne. Soudain, il se rappelle l'avalanche : une montagne de neige qui a dévalé sur lui, l'a secoué comme un ballon de football, l'a renversé et l'a fait rouler avant de s'arrêter enfin. Tout s'est passé si vite!

Une avalanche! À cette idée, son cœur se met à battre plus vite.

C'est vraiment arrivé. Ici. Dans ma cour!

Mais il est en vie! Il peut respirer, même si ça fait mal et qu'il a froid, tellement froid!

Il s'étouffe et tousse. Il a de la neige plein la bouche. Il en avale un peu et sa gorge lui fait mal à cause des petits éclats de glace. Il en crache le plus possible.

Depuis combien de temps suis-je enseveli?

Il ferme les yeux, puis les ouvre. Il est désorienté. Il ne voit que des coulées de neige et des taches de bleu. *Est-ce le ciel?*

Il tente de dégager la tête de la neige, mais elle est si lourde qu'il ne voit pas comment il pourrait s'en libérer. *Allez, debout!* se dit-il. *Tu dois te remettre debout! Tu dois bouger!*

Il inspire profondément et essaie de bouger ses bras. Seul le droit se dégage, mais il tient quelque chose dans cette main. Il la secoue. C'est un objet long, dur et froid. *Qu'est-ce que c'est?* Il se rappelle : il tenait sa pelle au moment de l'avalanche. Par miracle, il la tient encore!

Il tortille son bras, le fait bouger d'avant en arrière et réussit à le dégager petit à petit.

Mais la neige est lourde et difficile à déplacer. Il se sent brusquement fatigué. Il a envie de fermer les yeux et de dormir.

Non! se dit-il. *Il ne faut pas. Tu ne dois pas baisser les bras!*

Il mobilise toutes ses forces et reprend son travail. Il se tortille le bras, le fait bouger d'avant en arrière pour le dégager petit à petit. Finalement, son bras est libre, puis sa main couverte de son gant trempé et enfin sa pelle.

Il a mal au bras comme s'il avait soulevé des haltères pendant des heures. Mais il l'a dégagé! La pelle est un peu cabossée, mais sans plus.

Au tour du bras gauche maintenant! Tu vas y arriver.

Petit à petit, il enfonce sa pelle et enlève la neige autour de son bras gauche. Finalement, il réussit à le dégager, mais il a perdu son gant de la main gauche et son poignet lui fait mal. Il essaie de le bouger, mais il ressent un violent élancement.

Il est épuisé, comme s'il avait couru toute la journée. Il a envie de fermer les yeux et de dormir.

Reste éveillé! Bouge! Lève-toi! Cherche Ben et Ollie. Ils sont sûrement ensevelis eux aussi.

Il essaie d'appeler ses amis, mais le seul son qui sort de sa bouche est un vilain croassement. Il s'éclaircit la gorge et recommence.

— Ben! Ollie! crie-t-il.

Sa voix est faible et rauque. Il appelle ses amis, encore et encore. Il a mal à la gorge, mais il continue de les appeler tout en maniant la pelle d'avant en arrière pour se dégager la poitrine. Il finit par y parvenir.

Il essaie de s'asseoir, mais une douleur lancinante aux bras et à la poitrine l'en empêche et il retombe dans la neige. Son poignet gauche élance. La douleur ressemble à un mal de dents, mais il se force à s'asseoir.

Il inspire profondément. Sa poitrine fait moins mal maintenant. Il grelotte de froid dans son manteau et son pantalon de neige détrempés.

Avec sa pelle, il enlève la neige autour de ses jambes.

— Veux-tu bien décoller de moi, sale neige! dit-il à voix haute.

Il réussit à dégager la jambe droite, puis la gauche. Heureusement, il a encore ses bottes aux pieds. Il se touche la tête. Ses cheveux sont mouillés et plaqués sur son crâne. Il a perdu sa tuque.

Il s'appuie sur la pelle et avec tout ce qu'il lui reste

de force, il arrive à se mettre debout. Aussitôt il a la tête qui tourne. Il se rassoit dans la neige et tient la tête dans ses mains jusqu'à ce que le vertige passe.

— Ben! Ollie! appelle-t-il.

Pas de réponse!

Où sont-ils? Pourquoi ne répondent-ils pas?

Autour de lui, la neige forme une couche si épaisse qu'on dirait une énorme couette blanche étendue sur un lit géant. Sans ses lunettes, sa vision est floue, mais il voit assez bien pour se déplacer dans la cour. Il distingue de grosses masses de neige durcie et, tout au fond, deux arbres cassés en deux. La remise est en ruine. La maison... Elle s'est écroulée et la véranda a été arrachée.

Heureusement qu'il n'y avait personne dans la maison, se dit-il. *Est-ce que quelqu'un est au courant de ce qui vient d'arriver? Quelqu'un est-il en route pour nous secourir?*

Ollie empilait des blocs de neige avec lui. Ben était dans le fort, près de la véranda. Il faut qu'il aille les chercher.

Une fois de plus, il crie leurs noms. Pas de réponse.

Alex a la gorge serrée. Il fait un pas et s'enfonce

dans la neige jusqu'aux genoux. Il soulève une jambe pour se sortir de là, fait un pas, puis un autre mais chaque fois, il s'enfonce dans la neige à moitié durcie. Il bute sur des mottes de neige de la grosseur d'un ballon de football, éparpillées ici et là dans la cour. Il appelle ses amis, encore et encore. Il essaie de crier plus fort, mais sa voix est si enrouée qu'il n'y arrive pas.

— Ben! Ollie! crie-t-il faiblement. Où êtes-vous? Est-ce que ça va? Répondez-moi.

Alex entend un faible croassement tout près de lui.

Ollie! Ce doit être Ollie!

CHAPITRE DIX

— Ollie! crie Alex en plissant les yeux pour mieux voir.

Il entend de nouveau le croassement, mais encore plus près. *D'où vient ce bruit? De la gauche ou de la droite?*

Il n'arrive pas à le localiser. De quel côté chercher? La couche de neige est si épaisse que chaque pas qu'il fait requiert toute son énergie. Mais il faut qu'il continue d'avancer. Chaque minute compte si Ollie et Ben sont ensevelis. Il regarde le ciel. Le soleil se couche. Il va bientôt faire noir.

Quelle heure est-il? Alex se rappelle que ses parents devaient rentrer à seize heures trente. Et le père de Ben devait venir chercher son fils à dix-sept heures.

Si seulement j'avais un cellulaire! Ollie en a un, lui! Mais où est Ollie?

Encore un croassement, mais plus fort, plus net et plus près. Ça vient de la droite, il en est certain cette fois-ci. Alex s'enfonce brusquement dans un tas de neige molle. Il fait un pas, puis un autre. La neige est plus dure de ce côté. Il peut marcher dessus, mais elle est raboteuse. Il a l'impression de marcher sur des boules de neige. Il trébuche. Ses genoux fléchissent malgré lui. Il tombe dans un creux de neige. Il reste étendu par terre, le temps de reprendre son souffle. Quand il se force à se relever, il se sent étourdi et nauséeux. Il attend que le malaise passe.

Il entend encore le croassement près de lui. Tout près! La neige fait une bosse. Il aperçoit une tuque vert foncé. La tuque d'Ollie!

Il fait un pas et s'enfonce dans la neige jusqu'à la taille. Il essaie de se sortir de là en rampant à quatre pattes, mais il retombe dans le creux. Il se relève et utilise sa pelle pour se propulser vers l'avant.

Il a mal aux bras et aux jambes, au visage et aux pieds. Son poignet élance. Il est gelé de la tête aux pieds. Les étourdissements reprennent, mais il continue d'avancer. Il arrive enfin devant la tuque d'Ollie. Il se penche et enlève la neige qui la recouvre.

La tuque est sur la tête d'Ollie! Il est étendu sur le dos et il respire. Il est en vie. Une fine couche

de neige recouvre sa bouche. Alex enlève la neige
sur la bouche, le nez et les yeux d'Ollie. Ses yeux
sont fermés et il respire difficilement. Alex enfonce
sa pelle dans la neige près de sa poitrine en faisant

attention de ne pas lui donner de coups.

— Ollie! dit-il.

Ollie ouvre les yeux et ses paupières clignent. Il crache la neige qu'il a dans la bouche. Il a un haut-le-cœur et se met à tousser.

— Aide-moi, marmonne-t-il.

Alex enlève ce qui reste de neige sur le visage d'Ollie. Il reprend sa pelle et retire délicatement la neige autour de ses bras. Puis il dégage son torse et ses jambes.

— Peux-tu te lever? demande Alex.

— Je… Je ne sais pas, répond Ollie. Je ne me sens pas bien et j'ai mal à la poitrine.

— Je vais t'aider, dit Alex. Lève les bras et je vais t'aider à te relever. As-tu encore ton cellulaire? Il faut appeler pour demander du secours.

— Il était dans ma poche, dit Ollie. Mais je ne peux pas l'attraper.

— On va d'abord te sortir de là, dit Alex.

Ollie tend les bras et Alex les saisit.

— Doucement, dit Ollie. Je crois que j'ai une côte cassée. Chaque fois que j'inspire, j'ai mal.

Alex tire Ollie vers lui. Ollie s'appuie sur Alex et

réussit à se relever. Il pince les lèvres. Il a perdu ses gants, mais il a encore ses bottes aux pieds.

— Merci, marmonne Ollie. Oh! J'ai mal au cœur.

Il se détourne d'Alex et vomit. Puis il s'essuie la bouche avec une poignée de neige.

— Ça va aller, dit Alex. Tu peux marcher; c'est bon signe. As-tu ton téléphone?

Ollie touche la poche de son pantalon.

— Il était là, dit-il, mais on dirait qu'il n'y est plus.

— Il faut le retrouver, dit Alex. Il faut appeler des secours.

Ollie enfonce sa main dans la poche. Il vérifie l'autre poche de son pantalon, puis celles de son manteau.

— Mon cellulaire n'est pas dans mes poches, dit-il. Mais il doit bien être quelque part.

Il tâte la neige autour de lui. Rien.

— Où est-il donc? s'impatiente-t-il.

Alex creuse dans la neige tout autour d'eux. Elle est dure comme de la brique. Le téléphone reste introuvable.

— Où est-il passé? dit Ollie. Il doit bien être quelque part!

Il s'arrête net en voyant la maison d'oncle George et de tante Wendy.

— Oh non! crie-t-il. Leur maison est complètement détruite. Ils sont à l'intérieur, quelque part sous les débris!

Alex pose sa main sur le bras d'Ollie.

— Je sais, dit-il. Mais avec toute cette neige, on est trop loin. Continue de chercher ton téléphone pour qu'on puisse appeler les secours. Moi, je vais essayer de retrouver Ben.

CHAPITRE ONZE

Alex avance péniblement dans la neige compactée, en direction de la maison et de la véranda démolies. Sans ses lunettes, il a du mal à voir de loin, mais de près, ça va.

— Ben! Ben! crie-t-il encore et encore, jusqu'à en perdre la voix.

Des larmes glacées coulent sur ses joues.

Et si on ne le retrouvait pas? Alex doit s'empêcher de penser au pire. Il faut qu'il continue de chercher son ami.

Il s'arrête pour se reposer et se sent aussitôt tremblant et étourdi. Pendant une minute, il croit qu'il va s'évanouir, mais le malaise passe. Il essaie de bouger lentement. Il respire profondément. Sa tête tourne encore, mais moins.

La neige lui arrive à la taille ce qui l'oblige à ramper sur la neige compactée. Il cherche le moindre signe de la présence de Ben. En fouillant, il s'érafle les bras sur des planches brisées venant de la maison, sur les arêtes acérées des moustiquaires de la véranda et sur des débris provenant des petites tables et des chaises berçantes. Malheureusement, il ne trouve rien appartenant à Ben.

Où est-il? Il est tard! se dit-il en frissonnant.

— J'ai trouvé mon téléphone! crie Ollie. J'ai essayé d'appeler, mais il a pris l'eau. Il ne fonctionne plus.

— Quelqu'un va bientôt arriver, même si on n'a pas demandé des secours, dit Alex. Ils savent qu'on est ici. Il y a forcément quelqu'un qui sait ce qui est arrivé. Il y a d'autres maisons pas très loin d'ici.

— Et si tout le voisinage avait été victime de l'avalanche? dit Ollie. Il n'y a pas d'électricité. Je peux voir des fils électriques par terre.

— Ils vont trouver le moyen de se rendre jusqu'ici, dit Alex. Si seulement ils pouvaient arriver plus vite! Il faut retrouver Ben. Il ne lui reste plus beaucoup de temps. S'il est enfoui profondément, il pourrait…

Alex est incapable de prononcer le mot *mort*, mais il l'entend résonner dans sa tête.

— Alex, j'ai trouvé tes lunettes! crie Ollie. Mais

elles sont un peu abîmées.

Ollie lui montre les lunettes. Il manque une des branches noires et les verres sont fêlés.

— Merci quand même! dit Alex. J'ai mal à la tête à force de plisser les yeux pour y voir clair. Aide-moi à chercher Ben. Tu y vois mieux que moi.

— J'arrive, dit Ollie en toussant. J'ai horriblement mal à la poitrine. Chaque fois que je bouge ou que je respire, j'ai l'impression qu'on me marche sur le corps.

Ollie réussit à se rendre jusqu'à Alex et lui tend ses lunettes.

— Vois-tu mieux avec? demande-t-il à Alex.

— Si je les tiens, ça va, dit Alex. Ce n'est pas parfait, mais c'est mieux que rien. Vois-tu un objet qui appartiendrait à Ben?

Ollie soulève une grosse planche provenant de la véranda et regarde dessous. Aucun signe de Ben.

Alex soulève un panneau en bois provenant d'une table brisée qui était sur la véranda auparavant. Ben n'est pas dessous.

Où est-il? Il est forcément près d'ici!

Soudain, Alex aperçoit une tache rouge dans la

neige, non loin des vestiges de leur fort et d'une longue planche provenant de la remise, qui obstrue l'ancienne entrée.

Est-ce du sang?

Alex tressaille. Il se dirige vers la tache rouge, le cœur battant à tout rompre. Il met ses lunettes pour l'examiner. Ça ne ressemble pas à du sang, mais il n'en est pas absolument sûr. Il glisse ses lunettes dans la poche du haut de son manteau et se met à creuser près de la tache. Il s'accroupit et creuse encore un peu plus. On voit maintenant plus de rouge et un peu de noir.

— C'est le gant de Ben! crie Alex. Viens voir Ollie. Ben est sûrement tout près d'ici.

Il creuse un peu plus autour du gant. Il ne trouve rien d'autre. Soudain, sa pelle frappe un objet en caoutchouc dur. C'est la semelle d'une botte!

Alex creuse avec frénésie tout autour de la botte. Ollie arrive en titubant.

— Aide-moi, dit Alex. Je crois que Ben est ici.

Ollie se penche à côté d'Alex. Ils creusent ensemble, avec leurs mains et avec la pelle.

— C'est la jambe de Ben! crie Alex. Allez! Il faut

dégager son visage, Vite!

— Et si... murmure Ollie.

— Il vaut mieux ne pas y penser, répond Alex. Il faut le sortir de là.

Ils continuent de creuser avec leurs mains et réussissent à dégager la tête de Ben. Sa pelle est contre son visage et ses mains serrent le manche. Il a une profonde entaille sur le front et il respire, mais bruyamment, comme si c'était douloureux.

Alex se penche sur son ami.

— On est là, Ben, dit-il. Ça va aller maintenant. On t'a retrouvé.

Alex desserre délicatement les doigts de Ben et retire la pelle de son visage pour qu'il puisse mieux respirer.

Ben a d'autres blessures au visage, des coupures au nez et aux lèvres. Il a les yeux fermés, mais soudain il les ouvre, cligne une fois, deux fois. Puis il les referme et gémit.

Les garçons continuent de creuser et réussissent à dégager presque complètement les bras, les jambes et le torse de Ben.

— On ne va pas le déplacer, dit Alex. S'il a une

fracture et qu'on le bouge, on risque d'empirer les choses. Quelqu'un va sûrement arriver : ta mère, le père de Ben ou mes parents. Ils sont tous censés revenir bientôt.

— Espérons-le, dit Ollie. Ben grelotte.

Il s'assoit dans la neige, à côté de Ben

— Il a du mal à respirer, ajoute-t-il.

— Il faut le réchauffer, dit Alex en s'approchant de Ben. Mon manteau est trop mouillé et le tien aussi. Si seulement on avait une couverture!

— J'ai une idée! dit Ollie en enlevant son manteau mouillé. Tante Wendy m'a tricoté ce gros chandail pour Noël.

Ollie s'arrête dans son mouvement et regarde la maison des Henshaw. Il tousse. Il a les larmes aux yeux. Il les essuie aussitôt du revers de la main.

— Maman m'a obligé à le porter aujourd'hui parce que nous venions les visiter, ajoute-t-il. Il n'est pas très beau, mais il est sec.

Ollie étend son chandail sur Ben et le borde sur les côtés. Puis ils se collent sur lui pour le réchauffer. Ben cligne des yeux. Il gémit. Il tousse. Il ferme les yeux, comme s'il avait trop mal. Alex et Ollie

entendent sa respiration courte et saccadée.

— Tu sais, j'habitais ici autrefois, dit Ollie. Avant que mes parents se séparent.

Alex écarquille les yeux.

— Tu habitais ici? dit-il. Dormais-tu dans la chambre au grenier?

— Oui, dit Ollie. Vivre en ville, c'est bien, mais je m'ennuie un peu de mon ancienne vie.

Les deux garçons restent sans rien dire pendant quelques minutes.

— Le soleil se couche, dit Alex. Il va bientôt

faire noir et la température va baisser. J'ai les pieds complètement gelés.

Ollie approuve de la tête.

— J'ai horriblement mal à la poitrine, dit-il.

— Peut-être que l'un de nous devrait s'avancer sur la route, du moins pour ce qu'il en reste.

— Je ne peux pas y aller, dit Ollie. Je suis fatigué et ma poitrine me fait trop mal. De toute façon, on devrait plutôt rester auprès de Ben.

— Tu as raison, dit Alex. On ne peut pas le laisser tout seul.

Alex regarde Ollie. Il est étendu contre Ben. Ses yeux sont fermés. Il s'est endormi.

Alex ferme les yeux.

Je vais juste me reposer pendant quelques minutes, moi aussi. Juste quelques minutes. Peut-être qu'ensuite…

CHAPITRE DOUZE

— Alex! Alex! m'entends-tu?

Alex ouvre les yeux. Les secours sont enfin arrivés! Une jeune femme à la chevelure flamboyante est penchée sur lui. Avec un homme, elle l'installe sur une civière. Puis ils lui font traverser la cour pleine de creux et de bosses de neige. Une vive douleur le transperce. À chaque bosse, il grimace. Il a mal partout.

— Merci! marmonne-t-il.

— Je m'appelle Arlène, dit la jeune femme. Ne te force pas à parler. Tes amis et toi avez traversé beaucoup d'épreuves.

— Est-ce qu'ils vont bien? demande Alex.

— Ton ami Ben est en route pour l'hôpital, dit-elle. Nous l'avons transporté en priorité. C'est lui qui a le plus besoin de soins.

— Va-t-il… dit Alex.

— De vous trois, c'est le plus mal en point, dit-elle,

mais, apparemment, nous sommes arrivés à temps. Ton ami Ollie nous a expliqué que vous l'aviez sorti du banc de neige. Vous lui avez probablement sauvé la vie.

— Où est Ollie? demande Alex.

— En route pour l'hôpital, lui aussi, dit-elle. À notre arrivée, vous dormiez. Une avalanche, ça épuise.

— C'est bien vrai, dit Alex.

— Reste couché et repose-toi, dit-elle. Il va nous falloir pas mal de temps avant d'arriver à l'hôpital. Les routes sont en mauvais état. Des éboulis rocheux, des fils électriques, des arbres et des tonnes de neige bloquent le passage. Cette avalanche a pris tout le monde par surprise.

— Mes parents sont-ils au courant? demande Alex.

— Ils savent que tu es sain et sauf, dit-elle. La route pour se rendre jusqu'ici est fermée et ils vont te rejoindre à l'hôpital. En attendant, repose-toi, Alex.

Alex ferme les yeux. Il est enroulé dans une bonne couverture bien chaude. Il a encore froid, il est à bout de forces, mais il ne grelotte plus et il est sain et sauf. Ben est en vie et il respire. Et Ollie va bien lui aussi.

✽ ✽ ✽

À son réveil, Alex est couché dans un lit, dans une

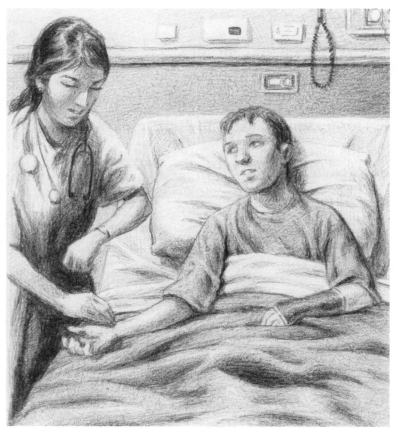

chambre aux murs vert pâle.

Une infirmière est debout à son chevet et vérifie son pouls.

— Je m'appelle Nancy, dit-elle. Comment te sens-tu?

— Un peu dans le brouillard et fatigué, répond-il. J'ai horriblement mal au poignet.

Il regarde son bras gauche et remarque qu'il a un plâtre.

— Tu t'es fracturé le poignet et on t'a fait un plâtre, dit Nancy. Tu n'es pas gaucher, j'espère.

Alex fait non de la tête.

— Je ne me rappelle pas quand on me l'a mis, dit-il.

— Tu étais à moitié inconscient à ton arrivée à l'hôpital, dit Nancy. Te sens-tu encore étourdi et nauséeux?

— Un peu, mais beaucoup moins que tout de suite après l'avalanche, dit-il.

— Peux-tu t'asseoir? demande-t-elle. Attends, je vais t'aider.

Elle se penche et entoure ses épaules avec son bras. Elle le soulève doucement pour l'aider à s'asseoir.

— Est-ce que ça va comme ça? demande-t-elle.

— Oui, c'est mieux, dit Alex.

— Le repos t'a sans doute fait du bien, même si c'est difficile de se reposer dans une ambulance qui fonce à toute allure, toutes sirènes hurlantes. Sans compter tous les cahots!

— Je ne me rappelle pas le trajet dans l'ambulance, dit Alex. Je ne me rappelle pas être arrivé ici. Où sont mes parents?

— Ils ont été tout le temps à ton chevet, dit-elle. Ils sont sortis pour faire quelques appels téléphoniques. Je les ai convaincus d'aller se dégourdir les jambes dehors. Ils étaient très inquiets pour tes amis et toi.

— Mes amis vont-ils bien? demande-t-il.

— Ton ami Ollie se repose dans la chambre voisine. Il était réveillé à son arrivée. Il pourra bientôt te dire lui-même comment il va. Ton ami Ben est en observation aux soins intensifs. Nous vous gardons aussi en observation, ton ami Ollie et toi.

— En dehors de mon poignet et de quelques bleus, je vais bien, dit Alex. Pourquoi dois-je rester en observation?

— Tu pourrais avoir une commotion cérébrale,

dit-elle. On va te garder jusqu'à demain matin, par précaution. Ne t'inquiète pas. La nourriture n'est pas si mauvaise qu'on le dit, tu sais. Tiens, aimerais-tu boire un peu d'eau?

— Merci, dit Alex.

Il boit l'eau d'un trait. Il n'avait pas réalisé qu'il avait si soif. Il redonne le gobelet vide à l'infirmière au moment où sa sœur et ses parents entrent dans la chambre.

Sa mère et son père viennent tout de suite le serrer dans leurs bras. Emma prend sa main valide et la serre très fort.

— Nous sommes si soulagés de savoir que tu n'as rien de grave, dit sa mère. Quel cauchemar!

— Oui, on a eu très peur, dit Alex. L'avalanche s'est produite si subitement!

— Mais tes amis et toi vous en êtes sortis, dit son père. C'est le principal.

— Avez-vous vu Ben? demande Alex.

— Pas encore, dit sa mère. Son père est auprès de lui aux soins intensifs. Les médecins en prennent bien soin.

— Est-ce qu'il va s'en sortir? demande Alex.

— Les médecins semblent assez confiants, dit M. Mason.

— Est-ce que je peux le voir? demande Alex.

— Pour le moment, tu dois garder le lit et te reposer. Les médecins veulent s'assurer que tu n'as pas une commotion cérébrale.

— Je vais mieux, dit Alex. S'il te plaît, je veux voir Ben. Je suis sûr que j'irai encore beaucoup mieux si je le vois.

— Moi aussi, entendent-ils dire.

Alex relève la tête. Vêtu d'une jaquette d'hôpital verte identique à la sienne, Ollie se tient dans l'embrasure de la porte.

CHAPITRE TREIZE

— J'ai demandé à maman d'aller s'informer de l'état de Ben, mais les docteurs n'ont rien voulu lui dire de précis, dit Ollie. Elle s'occupe de tante Wendy et d'oncle George; ils sont ici aussi.

— On va aller demander des nouvelles au père de Ben et on vous tiendra au courant, dit Mme Mason en frottant le dos de son fils. Essayez de ne pas trop vous inquiéter. Et comment vont ta tante et ton oncle, Ollie?

— Pas très bien, répond-il. Oncle George est tout contusionné et souffre d'hypothermie; la température de son corps est très basse, car il a eu trop froid pendant trop longtemps. Ils essaient de faire remonter sa température. Il a été enseveli sous la neige, mais l'avalanche l'a projeté près d'une planche cassée et il avait une poche d'air autour de son visage.

— Et ta tante? demande-t-elle.

Les lèvres d'Ollie se mettent à trembler et les larmes lui montent aux yeux. Il les essuie, les yeux baissés.

— Tante Wendy ne respirait plus quand ils l'ont trouvée, répond-il. On l'a ranimée et... et maintenant, elle est sous respirateur mais ils ne savent pas si elle va s'en sortir.

— Oh non! s'exclame Mme Mason. Je suis désolée, Ollie. S'il te plaît, tu diras à ta mère qu'elle peut compter sur nous. Ton oncle et ta tante ont été si gentils avec nous.

— Ton oncle vient toujours à la rescousse quand il y a un problème avec la maison, dit M. Mason. Et ta tante nous a apporté un plat mijoté le soir de notre déménagement.

— Et souviens-toi des boulettes de viande, dit Alex. Chaque fois elle en faisait toujours plus et elle me les apportait parce que je les avais beaucoup aimées le jour où elle nous a invités à souper. Et elle nous a fait des petits gâteaux juste avant... l'avalanche.

Alex se mord la lèvre. Il a de la peine en pensant à Mme Henshaw.

— Leur maison est en ruine, dit Ollie. On ne sait

pas où ils vont aller habiter. Chez nous en ville, il n'y pas de place. L'appartement est trop petit.

Alex hoche la tête.

— Je comprends, dit-il. Notre maison aussi est en ruine.

— Où allons-nous habiter? demande Emma.

— Pour l'instant, nous restons à l'hôtel, dit Mme Mason. Mon directeur s'est occupé de tout.

— Je suis contente que mon vrai lit soit resté à Halifax, dit Emma. Mais mes jouets, mes livres et la maison de poupées que grand-maman m'a offerte pour mon anniversaire étaient dans la maison et maintenant...

Emma se met à pleurer. Sa mère la serre dans ses bras.

— Nous avons perdu beaucoup de choses, Emma, dit-elle. Mais nous sommes vivants.

Emma prend un mouchoir de papier dans sa poche et essuie ses larmes.

— Bon, dit M. Mason. C'est l'heure du souper. On va aller manger un morceau à la cafétéria. Et vous, les garçons, voulez-vous qu'on vous rapporte quelque chose? Je sais qu'on va vous servir à souper dans vos chambres. Mais l'un n'empêche pas l'autre.

— Je n'ai pas faim, dit Alex.

— Moi non plus, dit Ollie. Merci quand même, M. Mason.

— D'accord, dit M. Mason. On revient tout de suite.

Dès qu'ils sont partis, Ollie s'assoit sur une chaise près d'Alex.

— J'ai une idée, dit Alex. On va se rendre aux soins intensifs pour voir comment va Ben avant que l'infirmière ne revienne dans ta chambre.

— On ne nous laissera peut-être pas entrer, dit Ollie. Je parie qu'ils n'admettent que les membres de la famille proche.

— Mais on est les meilleurs amis de Ben, rétorque Alex. On fait presque partie de sa famille.

Alex écarte ses draps et se lève.

— D'accord, dit Ollie. Allons-y. Mais on a l'air fou dans nos jaquettes vertes. Je n'arrête pas de rattacher la mienne pour qu'elle ne s'ouvre pas dans mon dos.

Alex essaie de rattacher la sienne, mais c'est difficile avec un bras dans le plâtre.

— Attends, dit Ollie. Je vais t'aider.

— Merci.

Ollie rattache la jaquette d'Alex.

— Je n'arrive pas à distinguer l'avant de l'arrière avec ces jaquettes, dit Ollie. J'ai posé la question à l'infirmière et elle a répondu que cela n'avait pas d'importance.

— D'une manière ou de l'autre, elles sont moches, réplique Alex.

— C'est vrai, dit Ollie. Mais fais attention à la tienne. On se moquera de nous si nos jaquettes s'ouvrent.

Alex sourit. Puis il fait un pas et s'arrête.

— As-tu encore le vertige? demande Ollie.

— Non, répond Alex. Je suis encore un peu engourdi. Allons-y. Il faut trouver les soins intensifs.

Ils tendent le cou pour inspecter le couloir. Il n'y a qu'une infirmière au poste de garde et elle a les yeux rivés sur son écran d'ordinateur. Elle ne lève même pas la tête quand ils se rendent à pas de loup jusqu'à l'ascenseur.

— Quel étage? demande Ollie.

— Je ne sais pas, dit Alex. On va demander à cet employé.

Un aide-infirmier arrive en poussant un patient en fauteuil roulant.

— Où se trouvent les soins intensifs, s'il vous plaît? demande Alex.

— Un étage plus haut, répond l'homme. Bloc C.

Les portes de l'ascenseur s'ouvrent. L'aide-infirmier entre avec son patient, suivi d'Alex et d'Ollie.

Alex et Ollie sortent au troisième étage.

— Par ici, dit Alex en indiquant un écriteau avec une flèche.

— Attends, dit Ollie en arrivant devant les doubles portes des soins intensifs. Il faut que je te rattache!

— Oups! dit Alex. On ne nous laissera pas entrer **avec ma** jaquette grande ouverte.

— Ils ne nous laisseront peut-être pas entrer de toute façon, dit Ollie.

Il indique un bouton à côté des portes, surmonté d'un écriteau : « Appuyer pour parler à la responsable. »

Alex appuie.

— Oui, répond l'infirmière. Que puis-je faire pour vous?

— On est venu voir Ben Green, dit Alex. C'est notre ami.

— Je suis désolée, dit l'infirmière. M. Green peut seulement recevoir des membres de sa famille directe.

— Mais on ne va pas le déranger, dit Alex. On veut juste le voir une minute. On veut savoir comment il va.

— Vous connaissez son père? dit-elle. Allez donc le voir, il était ici il y a deux minutes.

— Où est-il allé? demande Alex.

— Il est sorti pour prendre l'air, dit-elle.

— Pouvez-vous dire à Ben que ses amis Alex et Ollie sont passés le voir? demande Alex.

— Je lui transmettrai le message.

CHAPITRE QUATORZE

— Où étais-tu passé? demande la mère d'Alex. À notre retour, tu avais disparu. Une frayeur par jour, c'est bien assez!

— Ollie et moi, on est allés voir Ben aux soins intensifs, dit Alex.

— Vous n'avez pas pu entrer, n'est-ce pas? dit-elle.

— Non, dit Alex. Et l'infirmière n'a rien voulu nous dire non plus. Elle nous a envoyés voir le père de Ben.

— Nous venons de le croiser dans l'ascenseur, dit M. Mason. Ben a repris connaissance, mais sa respiration est encore faible. Il souffre d'une grave hypothermie et on le garde au chaud. Il a aussi des engelures et une cheville fracturée, mais ils n'opéreront pas son pied tant que son état ne sera pas stable.

— Il va s'en sortir, n'est-ce pas? dit Alex.

— Il n'a pas encore parlé et ils craignent un traumatisme crânien, dit son père. Ils le surveillent de près avec des moniteurs.

Alex pince les lèvres. Il ne veut pas pleurer, surtout pas devant Ollie, ses parents et Emma. Mais les nouvelles de Ben ne sont pas bonnes. À voir l'expression sur le visage de ses parents, il sait qu'ils sont inquiets.

— Tu as l'air plus en forme, dit la mère d'Alex.

— Oui, je me sens mieux, dit-il. Je veux rentrer à la maison, je veux dire à l'hôtel. Pouvez-vous demander à l'infirmière de me laisser sortir? S'il vous plaît!

Comme si elle avait entendu, Nancy entre dans la chambre. Elle apporte sur un plateau le souper, des médicaments et un thermomètre.

— Ai-je bien entendu? dit-elle. Mon patient veut sortir d'ici?

— Oui, dit Alex. Je vais beaucoup mieux.

— On dirait bien, dit-elle, mais j'ai le regret de te rappeler que nous devons te garder sous observation jusqu'à demain. Si tu vas mieux, on te mettra à la porte au début de l'après-midi. Voici le plateau-repas que je t'ai réservé.

Alex soulève le couvercle en métal qui recouvre l'assiette : du macaroni au fromage, des haricots verts et de la compote de pommes.

— Est-ce que c'est bon? demande-t-il.

— Gastronomique! dit Nancy, le regard malicieux. Bon, j'exagère un peu, mais ce n'est pas si mal pour de la cuisine d'hôpital.

— Je déteste les haricots verts, dit Alex.

— Si tu ne les manges pas, je ne dirai rien au chef cuisinier, dit-elle. Je reviens dans vingt minutes pour prendre ta température. Arrange-toi pour être dans ton lit. J'ai entendu dire que tu étais allé te balader dans l'hôpital.

— Comment l'avez-vous su? dit Alex en écarquillant les yeux.

— Les nouvelles vont vite et j'ai plusieurs espions à mon service, dit-elle en lui faisant un clin d'œil.

— Êtes-vous l'infirmière d'Ollie aussi? demande-t-il.

Nancy éclate de rire.

— Oui, dit-elle. Et Ollie était en retard pour sa compresse glacée. Il m'a avoué que vous aviez essayé d'entrer par effraction aux soins intensifs pour voir votre ami.

— On ne voulait pas entrer par effraction, proteste Alex. On a appuyé sur le bouton pour demander à le voir. Mais l'infirmière a refusé.

— Eh bien, j'ai des nouvelles toutes fraîches pour vous, dit-elle.

Alex sent son cœur qui s'affole.

— Comment va-t-il? demande-t-il.

— Attends, dit-elle. J'ai amené quelqu'un qui va pouvoir te répondre.

Alex lève les yeux et aperçoit le père de Ben.

— David! s'exclame M. Mason. Qu'est-ce que tu fais là?

— Comment va Ben? demande Alex.

— Mieux! dit M. Green. Il vient tout juste de retrouver la parole. Il m'a reconnu et il a demandé de vos nouvelles. L'infirmière lui a dit qu'Ollie et toi vouliez le voir.

— Fantastique! dit Alex.

— J'avais hâte de venir vous remercier de l'avoir sorti du banc de neige, Ollie et toi. On m'a dit que vous lui aviez sauvé la vie.

Alex rougit.

— Ben va probablement mettre un peu de temps à récupérer complètement, explique M. Green. Il est encore assez confus et ne se rappelle pas ce qui s'est passé. Il sait qu'une avalanche s'est abattue sur lui, mais il a oublié tout le reste.

— Quand pourra-t-il sortir des soins intensifs? demande Mme Mason.

— Ils veulent le garder sous surveillance encore un peu plus longtemps, dit-il. Il a une grave engelure à la main gauche, car il a perdu ses gants pendant l'avalanche. On espère qu'il ne perdra pas... un de ses doigts.

Un voile de tristesse passe sur le visage de M. Green.

— Mais il respire mieux, poursuit-il. Les médecins pensent qu'il va bien s'en sortir.

— Ça, c'est une bonne nouvelle! dit Alex.

— Je suis aussi venu vous demander si tes parents et toi accepteriez de vous installer chez nous jusqu'à ce que les choses se tassent, dit M. Green.

Alex, ravi de l'offre, regarde ses parents.

— C'est très gentil à vous, dit Mme Mason. Mais nous ne voudrions pas vous déranger.

— Au contraire, je serais ravi d'avoir de la compagnie, dit M. Green. Et je sais que quand Ben ira mieux, il aura besoin de quelqu'un pour l'aider à construire un autre fort.

Alex sourit à l'idée de pouvoir construire un autre fort avec Ben.

CHAPITRE QUINZE

Jeudi matin, Alex se prépare à retourner à l'école. Mais il se sent bizarre. Il a l'estomac noué comme à la rentrée de septembre.

Tant de choses ont changé! Il s'est reposé à la maison après avoir quitté l'hôpital le dimanche. Tous les soirs, il a fait des cauchemars d'avalanches qui s'abattaient sur leur maison et les ensevelissaient. Chaque fois, ses parents ont couru à son chevet pour le trouver assis dans son lit, tremblant de tous ses membres. Sa mère lui faisait alors la lecture jusqu'à ce qu'il se rendorme.

Depuis cinq jours, ses premières pensées quand il se réveille sont pour Ben. Mercredi, on lui a enfin permis de lui rendre visite à l'hôpital, mais seulement pendant dix minutes. Ben a souri quand Alex est entré dans sa chambre. Il n'a pas beaucoup parlé, car il est encore très faible. On va l'opérer à la cheville la semaine prochaine. Alex a promis de revenir le voir tous les jours et Ben a souri.

Alex et ses parents ont aussi rendu visite à M. Henshaw à l'hôpital. Malheureusement, Mme Henshaw n'a pas survécu à ses blessures.

M. Henshaw va mieux, mais il a du mal à accepter que sa femme soit morte et que la maison dans laquelle ils ont vécu pendant trente ans ne soit plus qu'un amas de briques, de métal et de bois. Comment la vie peut-elle changer si brusquement?

— Bonne journée, dit M. Mason en arrêtant la voiture devant l'école.

Alex s'engage dans le couloir. La cloche va bientôt sonner. En approchant de sa classe, il entend un élève crier :

— Hé! Laisse-moi voir cet article!

— Incroyable! dit un autre. Notre classe est devenue célèbre.

— Je suis bien content que notre maison n'ait pas été frappée par une avalanche, dit un troisième.

Dès qu'Alex entre dans la classe, les élèves l'entourent.

— Salut, Alex! dit Sophie. Bon retour en classe. Comment va Ben?

— Il va mieux, répond Alex.

— As-tu lu cet article? demande-t-elle.

Lundi, le journal de Glory a publié en première page un article au sujet de l'avalanche. Puis mardi, un journaliste a rencontré Alex et Ollie en vue d'un article plus long.

— Pas encore, répond Alex.

— Tiens! dit Sophie en lui mettant une copie du journal de jeudi dans les mains. C'est toi la vedette!

Alex jette un coup d'œil au titre : *Une avalanche frappe Glory*. Mais il est aussitôt interrompu dans sa lecture par l'arrivée de M. Moore. La cloche sonne et les élèves se dépêchent d'aller à leur place.

— Bon retour en classe, Alex et Ollie, dit M. Moore. Nous sommes tous très soulagés de vous savoir en voie de rétablissement. J'ai parlé à M. Green et j'ai le plaisir de vous informer que Ben remonte la pente lui aussi. Il a été passablement secoué, mais il espère revenir en classe dans quelques semaines. On va devoir lui ouvrir pas mal de portes, car il va marcher avec des béquilles.

— On va s'en occuper, dit Sophie.

— Parfait! dit M. Moore. J'ai pensé commencer la journée avec la lecture de l'article du journal d'aujourd'hui. Ensuite, nous pourrons avoir une

discussion au sujet des avalanches : pourquoi se produisent-elles et que faire si on se fait ensevelir. On pourra en profiter pour demander le point de vue d'Alex et d'Ollie qui sont récemment devenus des experts en la matière.

L'enseignant sourit aux deux garçons, puis il lit à voix haute :

Qui pourrait penser que, par une belle journée ensoleillée de février, une avalanche va débouler de la montagne, frapper votre maison, vos amis, vos voisins et vous-même? Pourtant, c'est ce qui est arrivé à trois jeunes garçons de Glory, Alex Mason, Ben Green et Ollie Slater, au moment où ils s'amusaient à construire un fort samedi après-midi. Tout allait bien. La neige, abondante et un peu collante, était idéale pour la construction d'un fort. Le soleil brillait au-dessus du mont Ava, derrière la maison des Mason. Il n'y avait pas un souffle de vent.

« La journée était parfaite pour bâtir un fort, se rappelle Alex. Soudain, on a entendu un énorme bruit. On a levé les yeux et on a vu l'avalanche qui se dirigeait droit sur nous. »

Il ne leur restait que quelques secondes pour se sauver en courant ou pour trouver un abri. L'avalanche a dévalé la pente abrupte de la montagne en direction d'Alex, Ollie et Ben et a détruit deux maisons et le fort que les trois garçons avaient construit avec tant de soin.

« C'est arrivé si vite que je n'ai pas eu le temps de réfléchir », raconte Ollie Slater.

Les trois amis doivent la vie à un peu de chance, à quelques connaissances concernant les avalanches et à de bons réflexes.

Alex Mason a eu la chance de ne pas être enseveli trop profondément dans la neige. Par un heureux hasard, il s'était récemment documenté à propos des avalanches et avait appris qu'il fallait absolument se sortir de la neige le plus vite possible. Il avait avec lui la pelle dont il se servait pour construire le fort et il l'a utilisée pour se dégager lui-même, puis pour secourir ses deux amis.

Ollie Slater a eu la chance qu'Alex découvre sa tuque verte presque à la surface du banc de neige et le dégage rapidement avec sa pelle. Tous deux savaient que, malgré leurs blessures, il était urgent de retrouver Ben, leur camarade de classe.

Quant à Ben Green, qui est resté plus longtemps et plus profondément enfoui que ses amis, il a eu la chance qu'Alex découvre son gant rouge et noir à la surface du

banc de neige compactée. Ben a surtout eu la chance que
sa pelle lui couvre le visage, créant ainsi une poche d'air
qui lui a permis de respirer. Et il a eu la chance que ses
amis aient su que le plus important était de le garder au
chaud en attendant les secours.

Ben récupère maintenant à l'hôpital. Malheureusement,
l'avalanche a fait une victime : Wendy Henshaw, âgée de
soixante-huit ans, épouse bien-aimée de George Henshaw
et grand-tante d'Ollie.

L'avalanche de samedi dernier a été déclenchée
inopinément par un planchiste qui s'était aventuré sur le
mont Ava. Depuis, la ville de Glory a installé des pancartes
permanentes et bien visibles avertissant les amateurs
de glisse que l'accès à la montagne est interdit. La ville
prévoit également construire dans les plus brefs délais
un dispositif paravalanche qui protégera les maisons se
trouvant au pied du mont Ava et empêchera qu'une telle
tragédie ne se reproduise. C'est la première fois qu'une
avalanche frappe des résidences privées et la population
de Glory espère que ce sera la dernière.

M. Moore pose le journal.

— Alex et Ollie, vous avez passé de durs moments,

dit-il. Nous sommes fiers de vous, car vous saviez ce qu'il fallait faire, vous avez agi rapidement et vous vous êtes tenu les coudes dans une situation terrifiante.

Toute la classe applaudit.

Alex rougit.

Ollie sourit.

— C'est vrai, c'était pas mal épeurant d'être enfoui sous la neige, commente Ollie. Et on ne savait pas quand les secours arriveraient. Mais nous nous sommes entraidés et nous en sommes sortis vivants.

Alex adresse un sourire à Ollie.

— Ollie a raison, dit-il. Heureusement qu'on a pu s'entraider! Je ne veux pas avoir à revivre ça.

— Mais avant l'avalanche, on avait presque terminé notre beau fort, n'est-ce pas Alex? dit Ollie.

— Oui, et la prochaine fois, on le finira, dit Alex. Il ne se fera pas démolir. Rien ne pourra le détruire.

— Il ne se fera peut-être pas démolir, dit Sophie, mais il fondra quand il y aura un redoux.

Tous les élèves rient de bon cœur.

Alex parcourt la salle des yeux et sourit. C'est

bon de rire avec tout le monde. Ollie et lui sont devenus amis, et Ben sera bientôt remis.

Alex se sent enfin chez lui à Glory.

Note de l'auteure

Une montagne couverte de neige est d'une beauté à couper le souffle. Mais se trouver sur la même montagne et être victime d'une avalanche est une expérience terrifiante.

Des avalanches se produisent sur tous les continents. Leurs victimes sont généralement des alpinistes et des skieurs circulant dans des zones inhabitées, loin des pistes bien entretenues. Ils s'aventurent dans des endroits où les risques d'avalanches sont connus et ils le font au péril de leur vie.

Être victime d'une avalanche au pied d'une montagne est plus rare, mais pas impossible. C'est d'ailleurs arrivé dans une banlieue de Missoula, au Montana, le 28 février 2014. Des maisons de cette collectivité se trouvaient tout près du mont Jumbo. Il n'y avait jamais eu de problème jusqu'au jour où un planchiste s'est aventuré dans une zone interdite. Il a déclenché une avalanche qui a dévalé de la montagne, détruit quelques maisons et tué une personne.

J'ai campé l'action de mon roman *Avalanche* dans une petite ville imaginaire qui ressemble à Missoula. Je l'ai appelée Glory et l'ai située dans une vallée de la Colombie-Britannique cernée par les montagnes Rocheuses et les monts Selkirk, non loin de parcs nationaux comme ceux des Glaciers, de Yoho et de Jasper. C'est une région où les alertes à l'avalanche sont fréquentes, même le long des routes.

Dans mon histoire, je mentionne aussi une avalanche qui s'est produite dans le col de Chilkoot au Yukon en 1898 et qui a enseveli des prospecteurs durant la Ruée vers l'or. De forts risques d'avalanches dus aux conditions météorologiques et à la neige avaient été signalés, mais certains chercheurs d'or les avaient ignorés. Une soixantaine de personnes ont été ensevelies quand la neige s'est mise à dévaler de la montagne.

De nos jours, les alpinistes et les skieurs sont équipés de coussins gonflables, de sondes, de cordes, d'émetteurs-récepteurs et de pelles qui permettent de sauver les victimes en cas d'avalanche imprévue.

Frieda Wishinsky

Quelques faits sur
les avalanches

- Une avalanche se produit lorsqu'une grande masse de neige glisse, puis dévale subitement une montagne. Elle est causée par une combinaison des facteurs suivants : neige abondante, terrain peu boisé, tremblement de terre, fortes vibrations, pentes abruptes, vent et changement de température.

- Dans quatre-vingt-dix pour cent des cas, les avalanches sont déclenchées par des humains.

- Les risques d'avalanches sont présents partout où il y a de hautes montagnes. Au Canada, elles se produisent le plus souvent en Colombie-Britannique, en Alberta et au Yukon. Elles sont plus rares, mais possibles, au Québec, à Terre-

Neuve-et-Labrador, au Nunavut et dans les Territoires du Nord-Ouest.

- Les spécialistes des avalanches utilisent parfois de la dynamite, des obus et des explosions au gaz propane pour déclencher des avalanches sur les pentes où la neige est instable.

- Environ quatre-vingt-dix pour cent des victimes d'avalanche survivent si on les dégage en moins de 15 minutes. Ensuite, les risques de périr sont extrêmement élevés à cause du manque d'oxygène. Par ailleurs, l'hypothermie et les engelures sont les principales causes de blessures.

DANS LA MÊME COLLECTION :

Albert et Sarah ressentent un choc brusque. Le navire commence à s'incliner. Les gens hurlent. Les stewards ordonnent aux passagers de se diriger vers les canots de sauvetage. De l'eau s'engouffre dans les cales tandis que les passagers se précipitent vers le pont supérieur. Le navire s'incline davantage. Les canots de sauvetage se brisent et se renversent. Sarah et Albert n'ont plus le choix. Ils sautent dans le Saint-Laurent.